# L'HOMME

# DE METZ

## (SUITE DE L'HOMME DE SEDAN)

Bruxelles. — Imprimerie de A.-N. Lebègue et Cᵉ, 6, rue Terarcken.

# L'HOMME

# DE METZ

(SUITE DE L'HOMME DE SEDAN)

PAR LE

COMTE ALFRED DE LA GUÉRONNIÈRE

> La honte rend la vie insupportable.
>
> (SHESKPEARE.)

DEUXIÈME ÉDITION

BRUXELLES

OFFICE DE PUBLICITÉ

IMPRIMERIE DE A.-N. LEBÉGUE ET COMPAGNIE

RUE TERRARCKEN, 6

1870

# PRÉFACE

Les événements marchent d'un pas si rapide que ce n'est pas toujours facile d'apercevoir leur enchaînement et de saisir leur ensemble. La presse ne peut que chaque jour, à vol d'oiseau, daguerréotyper les impressions éphémères. Le journal de la veille est effacé par celui du jour, que le suivant fera oublier encore. Les brochures, devant le plus grand spectacle qu'ait jamais offert au monde le drame de la politique, sont un à-propos que réclame l'attente publique. La faveur croissante dont *l'Homme de Sedan* est l'objet dans

toute l'Europe a fait naître *l'Homme de Metz.*
Ce sont de tristes jumeaux. On nous dit que notre
tâche a un autre émule. — Tant mieux, l'horizon
est assez vaste pour avoir plusieurs télescopes.

C'est avec l'impartialité, notre règle, que nous
avons tracé ce tableau. Les vives couleurs qu'a pu
y répandre l'émotion du sentiment de l'humanité
et du patriotisme blessés correspondent à une
situation qui surexcite. Le simple voyageur, en se
mêlant aux foules, a l'occasion de discerner ce qui
échappe aux sédentaires, de même qu'aux per-
sonnages dont la grandeur même forme la fausse
optique.

Trois espèces d'hommes n'ont pas d'illusion :
les voyageurs, les confesseurs et les préfets de
police, disait un jour le fameux comte de Saint-
Germain, à Louis XV.

« Vous oubliez les rois », dit l'hôte, qui était le
scandale du palais de Louis XIV. — « Non, Sire,
répondit le spirituel comte ; les brouillards les
plus denses qui interceptent la vue, parfois sur les
bords de la Tamise, le sont moins encore que ceux

formés autour des rois, par l'adulation et la bassesse humaine. « S'il eût vécu de nos jours, le spirituel causeur aurait eu à surenchérir sa définition des vapeurs que l'orgueil du succès fait monter, comme un vertige, dans la tête des plus grands et des victorieux.

Ils oublient, ceux-ci, qu'on peut prendre des cités, des provinces, des vies, mais on ne saurait ni étouffer la voix du monde et de l'histoire, ni prendre demain à l'Éternel !

COMTE ALFRED DE LA GUÉRONNIÈRE.

Bruxelles, 6 novembre 1870.

# I

## QU'EST LA TRAHISON.



Lorsque nous flétrissons l'homme de Sedan, nous avons élevé si haut l'indignation qu'on croyait que nous surfaisions la mesure du mépris.

Qu'on en juge aujourd'hui. — Laissons ce qui se murmure ; ce n'est pas l'heure de s'y arrêter. La lumière se fera sur les causes, les incidents, la marche du terrible drame. Chacun de ses coups semble avoir été prémédité dans les arcanes de l'enfer. Durant cette phase que clôt la capitulation, divers symptômes avaient éveillé nos inquiétudes exprimées dans un autre ouvrage (1). Malheureusement elles n'étaient pas un mythe.

(1) Voir 7ᵉ édition, *L'Homme de Sedan*.

"

Dans ce grand tripot ouvert aux menées ténébreuses, nous avons vu avec peine, tout d'abord, tomber le nom du maréchal Bazaine. Les événements ont justifié notre pronostic quant au roi Guillaume et à M. de Bismark. Néanmoins, la conspiration bonapartiste, on la verra tour à tour s'assoupir, se réveiller, s'éclipser, pour réapparaître. Le crime n'abdique pas, il est condamné à chercher son salut dans l'audace. La Prusse aurait-elle besoin d'autres preuves que ce qui lui est venu à elle-même de la perfidie de Napoléon III?

Un géant s'était produit au centre de l'Europe, aux applaudissements de l'empereur, au moins avec sa complicité passive. Celui-ci engage la guerre, après le retrait de la cause.

L'insensé, au flegme d'endurcissement, par une impassibilité sur toutes les souffrances, pire que la férocité, s'adjoint Bazaine, le Mexicain, devenu, peu après, général en chef. Élevé du dernier rang de l'armée à cette haute dignité, précédé par une réputation équivoque, il portait au front une tache de sang. Sans doute il n'avait pas fait fusiller Maximilien, de même que Bonaparte, qui avait désigné à la fosse de Vincennes l'héroïque duc d'Enghien. Par une route semée de trappes per-

fides, le général français qui, un moment, rêva
une couronne au Mexique, ne laissa au malheureux époux de la noble impératrice Charlotte
d'autre alternative que le déshonneur d'une fuite,
ou la mort. — Le sang des Hapsbourg repousse la
première, qui était le rachat de sa vie ; il accepte
la seconde, mourir en roi, le sourire sur les lèvres,
au champ de Queretaro. Son protecteur, qui pré-
ludait par la trahison de celui qu'il avait entraîné,
n'a pas imité sa victime dans son sacrifice : il
trouve plus doux d'accuser la France, sa dupe,
devant le vainqueur, qui lui a fait l'aumône d'un
palais. Il y conspire le retour dont la monstruosité
a fait sortir de notre poitrine oppressée *l'Homme
de Sedan*.

Telle est la vérité sur les deux dénouements
auxquels l'histoire n'a rien à opposer.

On chercherait en vain des précédents dans les
plus tristes pages de l'humanité.

On oublie tout en France. Le régime plébisci-
taire était merveilleux pour engloutir les plus
énormes infamies. Ce qui ailleurs aurait accablé
un homme, grâce à ce torrent de l'ignorance des
comices, emportait les immondices de sa vie pour
laisser triompher l'audace, le mensonge, et faire
régner sur la rive où pesait l'usurpation, l'abomi-

nation de la désolation. On n'en peut douter, en voyant ce qu'ont fait de la terre de Louis XIV les Napoléon, les Bazaine, les Failly, les Frossard avec de dignes vis-à-vis, non moins défectueux dans la direction politique!

Les intrigues et les défaillances du commandement qui ont préparé la reddition de Metz, ramènent le souvenir à l'expédition du Mexique.

Sans doute, la famine a amené le dénouement; d'accord. Le rôle et les larmes de Changarnier, le noble, l'incorruptible, le pur, témoignent que ce n'est pas un prétexte imaginaire.

Mais, monsieur le maréchal, météore de ce désastre, la question ne réside pas là simplement.

Pour arriver à cette extrémité, il a fallu une série de défaillances. D'abord, ce qui se détache, c'est l'ambition caressée du chef de cette armée de devenir un personnage politique, une sorte de dictateur. A ce point de vue, qu'autorisent les incidents les plus bizarres, on découvre l'artisan d'intrigues un pied dans les trames bonapartistes, une main qui offre un concours hypocrite et suspect pour favoriser l'élection. — C'était la fausse monnaie d'un nom qui n'a pu s'escompter. L'on sent aussi comme une vague réminiscence du rôle rêvé par Dumouriez; mais celui-ci voulait rendre son armée l'auxiliaire d'un parti français, jamais il n'a songé à en faire litière, à la jeter en holocauste de sa déception politique.

Chaque jour vient donc, écartant le rideau, découvrir une nouvelle horreur.

Le matérialisme dont on a tant de peur en bas, le socialisme dont les programmes, les cris de guerre font courir la terreur, ont donc eu pour prédicateurs, par l'exemple, ces hauts fonctionnaires, ces empanachés de plumes flottantes dont les broderies chamarrées d'or et de croix cachaient de tristes cœurs.

Cette fois-ci, la trahison n'est pas seulement le cri des soldats « conduits à la boucherie », suivant l'opinion à nous exprimée d'un des chefs capables de l'armée allemande. Ce cri est un refrain qui retentit depuis les rives du Dniéper jusque sur celles du Mississipi.

Le monde, si longtemps ébloui par la France faite par son empereur *la Niobé* des nations, sent courir le frisson d'une surprise qui passe du mépris à la colère. — Puis vient la prostration qui suit les mouvements trop précipités de l'âme épouvantée de la profondeur du gouffre. — Qui l'a fait, si ce n'est celui qui, se déclarant seul responsable, avait, en effet, usurpé le droit sacrilége de vie et de mort sur la nation qui abjurait la foi au génie d'elle-même pour embrasser l'idolâtrie d'un nom ?

Le système personnel, alors que l'orchestre subventionné criait sur les pas de l'homme fatal : « Gloire à lui, à notre sauveur », allait tomber foudroyé sous l'ironie de la Providence. Par suite de ce machiavélisme des cupidités qui avaient fait leur pacte contre le pays, il n'y avait plus de nation, plus d'honneur. L'intérêt individuel, la soif des jouissances, le désir d'arriver, n'importe par quelles voies, avaient emporté les saines notions et les principes.

L'impudeur des moyens coupables se montrait dans leur cynisme à visage découvert. M. de Morny lançant la France au Mexique pour une part usuraire dans la créance Jecker, les tripotages reprochés à Bazaine durant son expédition, les révélations des papiers des Tuileries, tout proclame à quelle société d'exploiteurs la France s'était livrée !

On courait aux grades, aux croix, aux places, aux monopoles. Une seule main tenait cette immense cassette, disposait de tout. — On n'était rien en dehors du gouvernement. Montesquieu eût été obligé de céder le pas à un brigadier de gendarmerie. Voilà la sentine où s'asphyxiait le pays.

Les uniformes étaient la mesure du mérite classé en raison de la grosseur des graines d'épinards. Qu'on s'étonne que, le jour de l'épreuve venu pour ces messieurs de cour, la trahison ne fût au fond d'une si artificielle organisation ! Elle devait y pulluler, comme les vermines immondes dans un charnier.

Les vertus, les droits, la bravoure, la fidélité, le vieil honneur : il ne fallait pas s'en faire le champion. Alors on n'était que le revenant d'un autre âge, un mauvais esprit, un alarmiste. Voilà à travers quelle ruine morale on marchait aux défaites, aux capitulations sans exemple, livrant comme un bétail sans valeur des armées qu'on n'avait pas su conduire, et qu'on ne voulait plus sauver.

L'exemple d'un souverain est contagieux, surtout dans la France, telle que l'avaient énervée la centralisation et les plébiscites impériaux.

L'empereur avait commencé par livrer Sedan, l'armée, l'empire pour sauver sa chair alarmée.

Aujourd'hui un maréchal est accusé du désastre de Metz. Cette fois-ci, c'est 180,000 hommes, une place imprenable jusqu'alors, un matériel à défrayer des armées, aux mains de notre terrible ennemi.

C'est là une étrange fin pour le dernier des généraux en exercice, que l'empire avait préposés au salut de la nation.

C'est là un désastre qui en contient mille autres. Il n'y a plus de moyens de résistance en rapport avec l'attaque. — La France peut protester par l'héroïsme de la mort, car, suivant les probabilités humaines, l'empire ne lui a pas laissé d'issue : il l'a mise au tombeau. Devant cette œuvre de l'indignité, combinaison de la folie d'un homme et de l'abjection de ses instruments soumis à sa volonté, M. de Bismark, le roi de Prusse, en poursuivant systématiquement la destruction d'un peuple innocent, abusé seulement, n'amasseront-ils pas sur leur tête des volcans qu'on appelle les trésors de la colère divine? Ne reculeront-ils pas devant ce qui doit courir dans leur conscience, prélude du grand anathème de la terre? Ils n'en discernent donc pas le souffle qui s'échappe comme un sifflement hérault de la tempête?

Mais il nous faut revenir à M. le maréchal Bazaine. Qu'il parle donc, cet homme, qu'il n'accouple pas son mutisme avec celui de Napoléon le sédentaire. Qu'il fasse évanouir les murmures que nous porte la presse étrangère; qu'il explique sa conduite molle, les faux bulletins de ses vic-

toires, ses sorties partielles, ces allées et venues
de messagers suspects, ces mensonges avec lesquels on lui impute d'avoir donné le change à ses
soldats ; qu'il détermine les motifs, le sens de ce
qui a précédé, a suivi les fourches caudines sous
lesquelles il a réduit à passer la plus grande
armée de la France. Il le doit : nul ne désire
plus que nous ne pas trouver un attentat pareil à
la vie d'une nation.

Au sein des protestations d'un grand nombre
d'officiers, il est juste de dire que la conspiration
pour une usurpation personnelle ou pour une
régence impériale, a tenté vainement de recruter
ses complices parmi les fils de ces paysans dont
les pères, attirés aux *oui* du plébiscite, ont été les
instruments de leur propre ruine. —Dans les chau-
mières des plus rustiques montagnes du Limousin
et de l'Auvergne, comme dans les cottages des plus
fertiles contrées, dans les villes et les châteaux
jadis si riants, il n'y a plus que larmes, deuil et
désespoir. Que d'enfants, d'appuis, de soutiens
perdus! Ceux que la mort a épargnés sont dévorés
par la nostalgie que connaît le voyageur égaré.
Mais qu'est-elle comparée à cette nostalgie du
patriotisme blessé, humilié, couvert de sang, en-
veloppé de trahison? Il y a pis encore, c'est la rage

que doivent sentir tant de braves et généreux cœurs, d'avoir pu être le jouet dans ce grand drame d'aventuriers couronnés, à ce point de voir des armées entières, 330,000 hommes livrés captifs, par un machiavélisme inhumain.

Il faut être témoin du départ de ces malheureux pour la terre de la captivité. Spectacle lugubre et navrant devant lequel le cœur pris d'indignation déborde en larmes d'amertume! On peut imaginer la désolation de ces hommes livrés, arrachés à tout ce qui est la vie. Sol, langue, famille, prix de leurs travaux, espoir d'aller racheter, par le labeur de leurs bras, la misère où la guerre et leur départ ont plongé les leurs; tout est pour eux sujet d'angoisses. Et c'est au sein d'une pareille catastrophe qu'un journal, la *Situation*, vient glorifier l'Empire, et que des conciliabules, pour ce but coupable, agitent Wilhelmshœhe; ils sont assez aveugles et abjects pour croire que la mesure de leur infamie, s'élevant sur le parjure de l'honneur, peut se retrouver dans le prétorianisme s'enrôlant pour leur œuvre diabolique.

Les soldats de Rome dégénérés ne se laissaient gagner que par le souvenir ou la perspective des victoires.

Les empereurs romains tombés le plus bas ne connurent pas l'ombre des hontes de Sedan et de Metz. M. le maréchal Bazaine frelatait la vérité de la situation pour faire de ses soldats les instruments aveuglés de ses intrigues. Aujourd'hui peut-on croire que le souvenir de défaites et de hontes sans exemple soit une attraction devant laquelle il n'y a plus de patrie, de morale : il n'y aurait plus de Dieu ?

Voilà l'athéisme chassant devant lui la foi, la croyance, abolissant le devoir, le sacrifice : soyez le plus fort, insultez la victime, terrorisez-la. Oui, mais alors gardez soigneusement cette force, car, si jamais elle s'échappe de vos mains, tremblez, *patere legem quam fecisti*. Ce que vous avez fait, on vous le retournera. C'est la loi du talion de la politique que vous aurez intronisée : c'est bien plus, c'est l'arrêt de la justice de Dieu.

Alors le monde n'a plus qu'à frémir, indigné par le système du matérialisme, en attendant que ses promulgateurs tremblent, râlant en impies foudroyés par la rage des peuples démoralisés par leurs exemples, plus justement encore par la colère divine.

Lorsque les soldats, en voyant l'abîme où ils avaient été conduits, sous le couvert d'une intrigue se dissimulant sous de feints prétextes, quand la population poussait les cris du patriotisme s'insurgeant contre le traître, quand *les femmes les plus respectables parcouraient les rues, en s'arrachant les cheveux, en foulant aux pieds leurs chapeaux et leurs dentelles,* mêlant les sanglots aux cris : " Que deviendront nos enfants ", quand les soldats à leur tour, comme poussés par le fouet des Euménides, qui n'étaient autres que les sentiments du brave et du patriote, les exhalaient en chœur, dans ces mots : " Quelle catastrophe, nous avons été vendus ", quand la garde nationale, à son tour, refusant de déposer les armes, s'écriait : " Pauvre Metz, la plus fière des villes, tout est perdu, c'en est fait de la France ; quand tous ensemble confondaient leurs lamentations dans ce refrain : " Qui sera notre maître, qui nous gouvernera, où irons-nous pour ne pas voir la ruine de notre nation, " quand tous ensemble à l'envi ils jetaient le mépris, l'insulte, la menace à ce maréchal en défaillance, qui renouvelait pour la France l'œuvre noire qui a fait périr Maximilien et a rendu folle de sa grande douleur une princesse aussi noble que belle, oh ! n'est-ce pas le charivari qui retentira chez les nations jusques aux siècles les plus reculés ? Et c'est au sein de ces scènes d'horreur, que celui qui est pris à partie pour les avoir fait sortir d'affreux calculs ou d'impardonnables connivences, accourt à Wilhelmshœhe : tel est le tableau final d'nne pareille capitulation, on est atterré. C'est le flagrant délit ayant pour témoin la conscience humaine consternée. Une lettre laconique (1) qui laisse subsister les imputations donne une triste mesure du sentiment moral et national de M. le maréchal de France.

Il y a dans ce fait une présomption justificative de la formidable accusation lancée par Gambetta, contre ce négociateur qui semble avoir voulu ménager ce dénouement, la plus haute forfaiture que pût commettre. l'ambition dépitée de sa propre impuissance. C'est pourquoi, cette nouvelle figure prend place au pilori sur lequel celui qui a écrit ces lignes a attaché l'homme de Sedan et son régime. A eux était réservé de faire rouler un torrent de fanges, de désastres, de crimes tels que l'histoire du monde n'en offre pas.

Aussi tout se réunit pour vous dire à vous, maudits, à vous aussi diplomates qui oseriez prendre pour votre nymphe égérie l'esprit des ténèbres : Non, elle n'aboutira pas, quoiqu'on fasse, la con-

______

(1) Chacun l'a lue.

spiration de ces foudroyés par l'explosion des mépris de la conscience humaine !

Les fascines formées par ces monceaux de cadavres, les débris des villes bombardées et des villages incendiés, ne serviraient qu'à remplir le vide de l'abîme qu'ont formé les abominables hontes de Sedan et de Metz.

Jamais plus grande insulte n'a pu être inventée pour déshonorer un peuple, jamais le blasphème n'a provoqué à ce degré d'audace la colère de Dieu. On dirait que pour recouronner l'auteur de ses désastres, la France, meurtrie, ruinée, flétrie, doit devenir un tombeau, au-dessus duquel, en guise de catafalque, se dresserait un trône surmonté de deux statues. Un cri d'horreur s'échapperait de la poitrine oppressée des peuples pour retentir dans la dernière postérité. Comment le retenir, en voyant, à côté de l'homme de Sedan, apparaître son connétable, pris du vertige de la trahison, l'homme de Metz (1)?

(1) Jusques et y compris Gravelotte, sauf les dérogations à une bonne direction militaire, conséquence de l'intervention de l'empereur, Bazaine a fait son devoir.

Alors s'ouvre une nouvelle phase. Le chef d'armée s'éclipse en s'égarant dans une préoccupation et une intrigue dynastique.

Toujours est-il que le résultat a déjoué les efforts de cette combinaison aussi honteuse qu'elle était impraticable. Pour le prédire sûrement, il suffisait de connaître l'âme de la France, qu'on ne peut étouffer dans celle d'un soldat, à moins de le tuer. Bazaine en a fait la triste épreuve.

En attendant qu'il réponde à ces accusations qui ne semblent pas naître du délire de l'imagination, mais sortir de l'analyse impartiale et de l'ensemble des faits, il a eu hâte de se dérober aux cris de désespoir et de malédiction que le vent et les derniers échos de France portaient sur le passage de sa fuite.

La voie tortueuse suivie par Bazaine achève de mettre le système bonapartiste et ses hommes au premier rang des calamités qui échoient à un peuple. Il faut s'attendre à une recrudescence d'une indignation dont le retentissement sera tel, que la conscience de l'univers civilisé bondira comme un volcan. Il n'y aura plus bientôt d'asile qui consente à être souillé par le contact des fauteurs d'aussi sacriléges souvenirs.

# II

## LA DÉCOMPOSITION INTÉRIEURE.



Un académicien, M. de Champagny, a tracé autrefois le tableau du pouvoir monstrueux qui, usurpé par les Césars, fit périr les mœurs, la grandeur morale, et, en fin de compte, l'existence même de cet empire qui, au dire de Montesquieu, est le plus grand spectacle qui ait été jamais donné au monde par la liberté sous la conduite d'une aristocratie.

L'historien de cette décadence n'en a pas seulement analysé les causes. Au nom de la conscience humaine et du droit immortel, Montesquieu, dans ce tableau d'un passé si loin de nous, flétrissait les vices qui devaient se reproduire sous le second empire français, élevé sur la double usurpation du droit populaire et monarchique. — Encore le pouvoir des empereurs romains n'était rien, comparé à l'excès de centralisation formant l'assemblage d'oppression qui s'était concentré dans la main de Napoléon III. L'humiliation militaire de la France, le péril et les malheurs qui l'enveloppent sont la conséquence d'un régime politique où le niveau moral allait s'abaissant toujours. Cependant le grand coupable ose attribuer sa chute à une indépendance qu'il refusait aux hommes, après l'avoir détruite dans les institutions. Il fondait son règne sur le mépris de la nature humaine. Il faut lire les papiers trouvés aux Tuileries, pour croire au cynisme avec lequel l'homme de Sedan préparait la ruine du pays, par la dégradation des caractères.

Quand, par le Deux-Décembre, il eut tout absorbé en lui, la raison de l'homme d'État pouvait se troubler devant le luxe des moyens oppressifs, dominateurs, écrasants, mis aux mains de ce conspirateur atteignant une couronne dans une surprise de nuit. L'effraction, le larcin, le meurtre, rien ne manquait dans ce coup réussi du parjure épargné deux fois par la clémence de Louis-Philippe.

Dès lors, la violence et la supercherie étant devenues les prêtresses de son sacre, c'est-à-dire les Euménides menaçant tout ce qui n'adorait pas, il n'y eut plus de barrière devant ce demi-dieu, sous les pas méprisants duquel la flatterie, la bassesse prodiguaient leurs banals serments. — Quand on a pu fouler aux pieds toutes les lois, quand, par la profanation la plus audacieuse, on est arrivé à faire acclamer par des plébiscites, comme s'ils remplaçaient la gloire et la vertu, les plus abominables outrages à ce qui est l'essence sociale et politique, c'en est fait. L'honneur, la considération sont passés à l'état d'ombres importunes. La crainte (1), voilà le moyen, la domination, voilà le but. Le cortége de ses complices répudiant l'évangile de la dignité dans la liberté, s'en tient au paganisme de la jouissance, si bien caractérisé par ces mots du grand historien romain : *pro dominatione serviliter*.

Le peuple des comices, où ces malheureux paysans dupes de leur idolâtrie, où la bourgeoisie jouet de sa terreur et de ses illusions vo-

---

(1) « Que les bons se rassurent et que les méchants tremblent. » Paroles de Louis Napoléon, prélude du coup d'Etat.

Ah ! le bon apôtre. — Le sauveur, qu'il vienne aujourd'hui, affronter le peuple, comme Lamartine! Le roi de Prusse peut lui donner sa liberté sous le gage de sa rapatriation. Le sol qu'il a couvert de désolation le dévorerait.

taient leur mort, à l'envi les uns des autres, tous ces plébiscitaires, à partir de ce moment, devenaient un troupeau d'exploitation durant la paix, et de boucherie pour des guerres mal engagées. De rudes bergers aux ordres exclusifs du maître allaient les pousser sur une route de perdition. Sous prétexte que l'on est *sauveur*, à l'aide de cette étiquette de contrebande, on se croit en droit de tout usurper : on se porte à l'oppression avec l'ardeur d'un parvenu, on abat les palais qui avaient défrayé les plus grands rois pour les remplacer par une magnificence d'insolence, comme si elle pouvait compenser la petitesse de l'âme et les hontes du règne. — On a tout usurpé. — Le pays était-il autre chose qu'un domaine dont on retirait la quintessence, que l'on accablait d'impôts, d'emprunts, qu'on exploitait à fonds perdu, sous cette maxime : " Après moi, le déluge. " Toutes ces monstruosités rencontraient la canonisation officielle. La littérature des préfets et des journaux payés, c'était tout simple. Mais y avait-il une sottise, une folie pour lesquelles il fallût rendre complice le pays : en avant les racoleurs de signatures : l'orchestre d'embauchage sonnait un grand air : les conseils municipaux, les corps, les individus venaient prendre rang dans ce défilé d'adresses. C'est ainsi que pour la provocation à l'Angleterre, par les colonels, tout le pays fut entraîné. La France, on le voit, sous le régime orthopédique, était devenu le lazaret où l'auguste empereur tenait en quarantaine les intérêts et les idées, dans la mesure de son bon plaisir. Tel était le filet colossal, à mailles serrées, où se trouvait prise, à la discrétion de cet oiseleur aux traditions corses, la Franche chevaleresque de François I$^{er}$, constitutionnelle, pleine d'ombrage, sous les rois qui, depuis Louis XVI jusqu'à Louis-Philippe, étaient ses mandataires actifs, et non ses tyrans enfouis dans le sybaritisme de la cour napoléonienne.

Quelle série se déroule dans cette combinaison du pouvoir de cet aigle dégénéré qui a tenu dix-huit ans la France dans ses avides serres !

# III

## LA CONFUSION DE TOUS LES POUVOIRS.

On avait fait des ministres irresponsables de
l'empereur, c'est-à-dire qu'on avait dérobé l'im-
punité dans la chimère. Quoi qu'ils pussent faire,
détourner, trahir le pays s'entend, le coupable
échappait toujours, couvert par le souverain
inatteignable.

Les plébiscites ne sont qu'une fausse monnaie
qu'un gouvernement mécanique peut, à son gré,
faire légaliser par l'ignorance des foules. C'est
ainsi qu'elles se sont livrées au dragon qui allait

les faire dévorer par la guerre après l'avoir si mal
préparée, et si artificieusement engagée.

Continuons cette légende historique qu'il a été
donné à un nom de finir par des désastres à exha-
ler la douleur de cent Jérémies.

Une armée, une flotte de l'empereur auxquelles
il a été prodigué en vain tant de millions, au point
de former le budget de guerre le plus considérable de l'Europe.

L'immense hiérarchie militaire d'officiers, de
généraux, d'amiraux de l'empereur.

Un sénat de l'empereur, des candidats de l'empereur formant cette chambre servile qui a sacrifié
la nation à un homme, qui, à un signe de son ca-
price, livrait les principes, reniait le passé, bafouait
la liberté, votait les lois d'exception qui faisaient
de Lambessa et Cayenne des maisons de plaisance
de la mort pour quiconque Sa Majesté daignerait
yinstaller, étouffait les contrôles, couvrait sous le
bruit des couteaux d'ivoire la voix du patriotisme,
laissait s'engager la guerre folle du Mexique,
l'amnistiait après ses désastres, agissant de la
même façon quant à la guerre d'Allemagne, in-
sultait M. Thiers, alors que la cause mise en
avant pour une feinte colère avait disparu. Enfin,
par ses dociles complaisances et ses défis, tour à

tour, elle armait et irritait la révolution par un faux socialisme et les fins de non-recevoir à la liberté constitutionnelle.

Une magistrature où l'empereur créait cette monstruosité des triages abonnés à la condamnation, qu'un jour Berryer foudroya de l'éloquence de sa haute probité.

L'administration, les sous-préfets passant en proconsuls sans nul souci des satisfactions ou mécontentements des pays auxquels on les infligeait

L'entière domination communale, des légions, fils innombrables dont l'écheveau se concentrait ou se dévidait par la même main.

Les finances constituées sur la même anomalie, leurs riches prébendes, leurs emplois englobant tout le mécanisme financier, agricole, industriel du pays; enfin les marchés, monopoles, les entreprises, les intérêts taillables, corvéables à merci, les secours, subventions, tout cela à la disposition de l'empereur.

Le chapitre des pensions, des bureaux de tabac, de l'autorisation des compagnies, les caisses de l'armée, d'épargne, les crédits fonciers, la charité publique accaparée dans ses ressources, dans la nomination de ses agents, envahie par l'empereur: que de moyens d'influence irrésistible !

Nous n'en finirions pas, il faut quitter cet horizon où l'abus formait une marée montante sous le flux et le reflux des ambitions et convoitises qu'aucun gouvernement n'a développées à ce point.

# IV

## LA HONTE DU RÉGIME PRÉPARE

### SA DÉFAITE.

C'était le césarisme élevé à une puissance irrésistible. C'était l'occupation des convoitises d'un homme : il ne se la faisait pardonner ni par la gloire, ni par les titres du génie. Loin de là, il avait fallu, pour faire accepter à la France ce régime honteux, lui donner pour escorte toutes les mauvaises passions. On dirait ces serres chaudes où, pour avoir le fruit prématuré, on sacrifie la plante. C'est bien cela qu'a fait l'empire.

Il était devenu un banquet de Sardanapale, où l'on enivrait le monde officiel, mais sur les parois de la salle du festin, on pouvait distinguer la sentence de la condamnation écrite par la justice de Dieu.

Il fallait que la malheureuse France fût tombée bien bas, pour qu'elle ne se levât pas bondissante d'indignation. Quelques voix émues poussaient le cri d'alarme : la folie, l'aveuglement semés par 500,000 fonctionnaires, janissaires civils du règne, endormaient le pays au bord de l'abîme. Un beau jour la France apprend, sans vouloir y croire, que ses armées étaient vaincues et prisonnières. Encore, pour que le mensonge suivît son cours, des arlequins faisaient croire aux paysans qu'on avait brûlé le Rhin, qui cependant coulait toujours. Les carrières de Jaumont avaient dévoré des divisions qui apparemment sauvées par quelque fée propice, se retrouvaient vivantes dans les batailles pour tuer ceux qui les avaient englouties. Jamais la cacophonie de la fraude n'avait eu de telles audaces, suivies de malheurs plus grands encore.

La nation s'était fondue dans un homme. On lui avait persuadé qu'elle avait un hercule pouvant suffire à tout ; au lieu de cela, elle n'avait qu'un Cacus, qui même au jour où il fallait commander et engager l'héroïsme de l'action a disparu, gardant le silence de la peur :

*Hœsit in gutture verbum.*

# LES EXPLICATIONS DE L'HOMME DE SEDAN.

Une brochure de vingt-neuf pages, réputée l'œuvre de l'empereur, tombe sous nos yeux. On ne peut mettre en doute son origine à la forme et à l'allure autorisée du langage. Nous écarterons les apologies du plan de campagne qui avait été arrêté et qui a failli. Nous avons nous-même, dans *l'Homme de Sedan*, établi les fautes et les responsabilités. Aucune réfutation n'en a été faite. Si on le tentait, cela ne servirait qu'à provoquer de nouvelles preuves confirmatives de nos énonciations et de notre jugement. Il est donc inutile de revenir sur un récit qui garde toute son autorité, le lecteur pourra, au besoin, y avoir recours (1).

Laissons le récit des opérations militaires, tel que l'empereur les envisage, pour nous occuper de ses conclusions ; elles sont une hérésie politique, que produit la préoccupation autocratique. On peut dire à cet égard que l'infatuation est poussée si loin qu'elle est devenue incurable. C'est l'idée fixe contre laquelle tout raisonnement vient expirer.

Avec un cynisme à ironie cruelle, il ose donner un conseil à ses victimes : « Que nos malheureux compatriotes qui sont prisonniers, dit-il, profitent au moins de leur séjour en Prusse, pour apprécier ce que donnent de force à un pays le pouvoir respecté, la *loi obéie*, l'esprit militaire et patriotique dominant tous les intérêts et toutes les opinions. » C'est le cynisme de l'ingratitude.

D'un autre côté, l'empereur se plaint que les Chambres fussent trop économes, des déplorables habitudes introduites dans l'armée par la guerre d'Afrique. Il blâme le manque de discipline, le manque d'ensemble, le défaut d'ordre, il se plaint même, symptôme d'un esprit attaché à la minutie, au sein de ce désastre, *du laisser-aller*

(1) *L'Homme de Sedan.* Bruxelles.

*de la tenue*, qui influe sur l'esprit militaire ; il y voit une des causes de sa décadence.

Nous avons relu deux fois ce passage, comme étant plus au cachet d'un capitaine d'habillement que d'un empereur devant lequel hier le monde officiel s'agenouillait avec force encens. La tribune et la presse sont aussi les coupables, auxquelles il faut imputer la responsabilité des malheurs de Wissembourg, Wœrth, Forbach, Sedan et Metz.

Quel pitoyable raisonnement ! Avions-nous raison de lui appliquer les paroles de l'Ecclésiaste, qui se complètent par celles-ci : « Il n'y a pas de plus aveugles et de plus sourds que ceux qui ne veulent ni voir ni entendre. »

Vous avez parlé, Sire : Vous avez assez bâillonné cette presse et cette tribune pour que nous reprenions un dialogue que j'ai eu l'honneur de tenir, en face de votre puissance.

Qui a énervé, atterré l'esprit militaire qui fut si longtemps la force de l'armée française ? — Nous vous l'avons crié dans la *Politique nationale :* sans la dynamique morale qui remue, soumet, lie la masse, lui inculque un même cœur, la dirige avec l'âme d'un pays placée au bout des baïonnettes, il n'y a qu'une vaine et trompeuse apparence. Ainsi est-il arrivé au second empire.

Toute la dissolution dont se plaint le vaincu, a été son fait. Elle a été la conséquence du péché originel dont vous n'avez pas été racheté, Sire. Vainement avez-vous fait dresser les fonts baptismaux du gouvernement constitutionnel : pure hypocrisie. Le plébiscite ramenait Satan et ses œuvres.

Qui a organisé l'embauchage à Satory, où les cris séditieux conspiraient et se réchauffaient, aux libations du champagne et du trois-six ?

Les véritables chefs de l'armée, qui avaient conduit à la victoire nos phalanges, ne s'y trompèrent pas : ils avertirent en vain.

Mais une pensée dominait, avoir des bonapartistes avant tout. On cherche des ministres de la guerre où le prétorianisme instrument du gouvernement personnel importe plus que les vertus auxquelles revenait la préséance. Le plébiscite, le moyen qu'on préconise, ne vient pas impunément faire échec à la discipline. On l'avait toujours dit : Une armée doit obéir, combattre, mais non délibérer.

Le président de la république, comme s'il se fût calqué sur Catilina, fit de son nom un piége où un homme prit la place de la nation. Ce qu'il appelait l'ordre n'était que la sédition d'une armée détournée de la voie du devoir et du patriotisme.

Sans doute, les soldats avaient la bravoure inhérente au Français. Ils l'ont prouvé au sein des disgrâces les plus démoralisatrices. Mais ils n'étaient plus dans les conditions normales qui rendent redoutables : l'empire les avait désarmés.

Ce devait être le châtiment de celui qui ne se proposait, ne voyait, ne poursuivait, que son intérêt dynastique.

Au premier rang apparaît, superbe d'orgueil, sans lauriers, un état-major de favoris qui marque pour les plus hauts grades les créatures dévouées à l'empereur. C'était le titre suprême.

C'est le bouleversement introduit par les monopoles, depuis cette malheureuse loi de l'exonération et des caisses militaires jusques aux services divers paralysés par un désordre d'état chronique.

C'est la création d'une garde impériale aux dépens de l'esprit national, qui n'en est pas moins altéré par la force constitutive des régiments, énervée par ces triages, toujours en vue de la personne et de la famille de l'empereur.

C'est cette confusion du droit politique souverain par le plébiscite, venant faire échec à la discipline et infirmer les prestiges et les respects.

Enfin, comme préface de la débâcle que va amener la guerre, un empereur qui n'est pas général : il joue à la guerre, il caresse trop l'image pour ne pas amener la chose ; il ne sait pas la manœuvre, et il fait de la stratégie avec des cartes, à vol d'oiseau, sans avoir la mesure des réalités modificatives. En guerre, comme en politique, il prend des feux follets qui s'élèvent dans son esprit comme des illuminations de génie.

S'agit-il de nommer des maréchaux, des généraux, etc., qui pèse sur les choix? Tantôt le sourire irrésistible des protectrices *osées*, tantôt le comité occulte. On dirait le rateau du croupier, pour ramener tous les choix au bénéfice dynastique.

Les titres du mérite personnel, s'ils n'ont ni protecteur empanaché, ni belle dame aux falbalas de cour, restent des mythes.

Voilà les abus qui, à force d'énerver les plus solides institutions, de décourager les âmes, de substituer le succès de l'intrigue audacieuse au mérite discret, préparaient à l'avenir les disgrâces de Sedan et de Metz.

L'Europe le sait, et nous l'avions signalé en vain au souverain qui en ce moment rejette son incurie, ses fautes, le poids de ses responsabilités, sur qui en est victime, après avoir averti.

Mais l'infaillibilité impériale était tenue pour dogme sacré par le concile des candidatures officielles.

Celle-ci ne pouvant errer s'en prend à la presse bâillonnée, ou corrompue. Napoléon III ne rougit pas d'accuser la tribune qu'il avait renversée, où plus tard, dans cet essai frelaté du gouvernement parlementaire, le patriotisme éclairé était honni par la majorité.

L'insubordination introduite dans l'armée par la presse et les discours ! Mais l'insubordination qui enfante toutes les autres vient de la trahison par laquelle Napoléon III a commencé et a fini. Là au moins sa consistance est indéniable.

La discipline ou la soumission que vous réclamez, Sire, n'était pas possible avec votre plébiscite.

C'est ainsi que disserte dans le vide le sombre hôte de Wilhemshœhe. Son ambition est toute aussi tenace qu'au temps de Ham. Le remords devrait s'élever inexorable, durant la vision des spectres de ses victimes passant dans ses rêves, murmurant à son oreille les deux mots qui foudroient la prétention impie, sous l'oppression du souvenir qui s'élève entre le trône et l'homme de Sedan (1).

(1) Dans le catalogue se trouvera ressortir en lettres maudites celui de Bazaine. Mille ans se sont passés à faire ascendante la fortune de la France sous la monarchie : vingt-cinq ans des règnes des deux Napoléon ont sufli pour conduire la France aux plus terribles épreuves de l'histoire.

# L'ENQUÊTE ET LES CHARGES.

L'impartialité fait à l'écrivain un devoir de reproduire, au sujet du maréchal Bazaine, les témoignages et imputations qui se fondent sur des vraisemblances, ou qui se réfèrent à des faits que l'on ne saurait passer sous silence. Les hautes situations n'obtiennent le crédit qui est leur gloire, que lorsqu'elles peuvent justifier de leurs actes : les écrivains sont les juges d'instruction devant ce tribunal qu'on appelle la postérité dont les arrêts sont sans appel.

D'autres témoins oculaires ont décrit, au point de vue militaire, tout ce qui, suivant eux, s'inscrit au passif du général en chef. On lui reproche ses lenteurs, les indécisions de sa marche, qui servent les Prussiens, la mollesse et le décousu de la défense, et les lacunes de l'administration, des ambulances, la mauvaise gestion des magasins et des approvisionnements.

Voici pour l'aperçu général sommaire ; il convient d'aborder les lignes les plus saillantes de la question militaire.

On soutient sous le témoignage imposant des hommes de guerre que, soit au moment où Mac-Mahon engageait le combat sur la Moselle, soit après sa défaite de Sedan, Bazaine a pu entrer en ligne et opérer sa jonction. On a développé pertinemment cette affirmation dans l'*Indépendance*, où des articles qu'on attribue à un officier distingué d'état-major n'ont pas relevé Bazaine de la défaveur dont il est l'objet.

Qu'a-t-on opposé à ces articulations formelles ? Une lettre du maréchal Bazaine, dont le laconisme ne semble avoir voulu y trouver qu'une échappatoire. Quand on est fort par la connaissance d'une spécialité et que les actes défient le blâme, on est plus explicatif : on cherche même l'examen qui fait la lumière. On ne se borne pas à opposer de vagues généralités à ce qui a un pareil caractère de pertinente précision.

Nous passons à un autre aspect, celui du rôle dés combinaisons politiques et intrigues impérialistes.

Laissons la visite du général Bourbaki, dépêché vers l'impératrice à Chislehurt : ce fut le point de départ. Nous nous flattons que depuis investi d'un commandement, qu'aujourd'hui démissionnaire, le sentiment national lui a fait abdiquer la faiblesse dynastique.

Depuis se sont succédé le voyage du général Boyer à Versailles, les mystérieux rapports que le comte de Bismark était disposé à favoriser l'intrigue, finalement la terrifiante nouvelle que la grande forteresse de Metz s'était rendue. La situation, par rapport à la position dans cette place est aussi extraordinaire qu'inexplicable. Après la bataille de Gravelotte, le général en chef a laissé s'écouler les semaines sans faire aucun effort pour arrêter les travaux de terrassement poursuivis par les assiégeants, sans entreprendre de s'ouvrir une route à travers leurs lignes; plus tard, il l'a essayé en vain. Les soldats ont crié à la trahison, de telle sorte que Bazaine se confinait hors de leur présence, dans la crainte de périr par leurs mains.

Boyer a été dépêché deux fois à Versailles comme agent d'une capitulation à proposer pendant la durée de son second voyage; les chefs de l'armée ont fait une communication extraordinaire, aux soldats, par ordre du maréchal. C'était l'annonce d'une complète anarchie, en France.

Paris y était représenté en proie à la guerre civile, réduit à ouvrir ses portes sous peu de jours. « Les membres du gouvernement national avaient été renversés, Gambetta et Kératry avaient pu s'échapper en ballons. La Normandie était parcourue par des brigands et avait fait appel aux Allemands pour rétablir l'ordre : le Havre et Rouen avaient reçu des garnisons prussiennes; la Vendée était le théâtre d'une guerre religieuse, et les membres du gouvernement provisoire ayant été dispersés, la France était tombée dans un état désespéré. » — Ces étranges discours rappelant le proverbe, « que quand on veut tuer son chien, on dit qu'il est enragé, semblaient se combiner avec la négociation véritablement digne des lugubres souvenirs du Mexique, auprès du comte de Bismark, qu'on a vu être confiée par intermédiaire au général Boyer, cette âme damnée de l'impératrice. On disait le chef et le lieutenant diplomate d'accord, sur ce point, c'est que la Prusse ne devait pas négocier avec un gouvernement qui n'avait pas de sanction légale d'existence. C'était avec l'impératrice qu'on pouvait traiter, et à son défaut, il fallait avoir recours à la Chambre des députés comme la vraie représentation de la France. L'armée de Metz serait devenue sa garde. Le comte de Bismark est réputé s'être servi de ce langage significatif : " Je serais disposé à admettre une convention qui laisserait l'armée de Metz se retirer dans une place du territoire français pour protéger toutes les délibérations nécessaires pour assurer la paix. " Quoi qu'il en soit de leur vérité, toujours est-il que le résultat a déjoué les efforts de cette combinaison aussi honteuse qu'elle était impraticable.

L'auteur de l'*Homme de Sedan* avait pronostiqué cet inévitable dénouement. — Il suffisait de connaître l'âme de la France, qu'on ne peut tuer dans le soldat, dans le cœur duquel la patrie est au-dessus de tous les chefs. Il obéit au champ de manœuvre. On peut le tromper par la magie d'un nom grandi par la victoire, on ne lui fait pas de propos délibéré trahir son pays. En attendant, que Bazaine réponde à ces accusations qui ne semblent pas dériver du délire de l'imagination, mais de faits que les officiers et les soldats racontent, ce sentiment si répandu de graves torts ne court pas seulement la rue; il a mis son amertume dans le

cœur des plus braves, de ceux auxquels s'attache
le renom du vieil honneur dans ce qu'il y a de
plus stricte comme principe et de plus inaltérable
dans les actes. C'est ainsi qu'au moment où le
maréchal Canrobert, et le général Coffinières quit-
taient Metz, au dire d'un correspondant d'un de
ces journaux anglais qui se distinguent par leurs
informations, le brave général Ladmirault, un
compagnon de notre jeunesse au temps où la
chasse l'entraînait, a refusé de prendre le même
train. Son motif, c'est qu'il lui serait trop péni-
ble de voyager avec de telles gens. Nous avons dit
que Sa Majesté le maréchal Bazaine, qui a rêvé,
un instant, un rôle à la façon de Prim, durant
son trajet à Wilhelmshœhe, a passé un mauvais
quart d'heure. A Pont-à-Mousson, il a été accablé d'injures, il a fallu se placer sous la protection
du commandant prussien. A Nancy, assailli avec
des pierres.

Le maréchal, après avoir donné le change
à une armée de 180,000 hommes, a mis pour
sceau à sa diplomatie d'Iscariote, cet épou-
vantable désastre. Au moment où M. de Valcourt faisait, sous son nom, à visage découvert,
un réquisitoire qui aura un grand retentissement,
nous avions donné nous-même dans l'*Écho*, deux

jours avant, une opinion identique. Le sentiment de l'idée française a les mêmes vibrations pour l'âme du publiciste que pour celle du militaire. M. de Valcourt fait de sa plume l'écusson de son épée. Nous ne saurions mieux justifier notre propre opinion, qu'en lui donnant pour sanction la *conclusion* de l'exposé de ce digne officier (1).

(1) Il reste acquis à la cause que le maréchal a, dès le 14 septembre, connu et répudié le gouvernement de la défense nationale, et que tous les actes de sa conduite politique et militaire, depuis cette époque jusqu'à maintenant sont ceux d'un indigne serviteur, sinon d'un traître à la patrie.

Le 15 octobre le général Coffinières, poussé par la municipalité et la garde nationale de Metz, reconnut par une lettre, affichée partout, l'existence du gouvernement de la défense nationale, et annonça en même temps aux habitants de la forteresse l'épuisement subit des denrées alimentaires.

Par un écrit également rendu public, le conseil municipal, à l'unanimité, déclara repousser toute complicité dans l'acte d'incroyable légèreté, pour ne pas dire de honteuse trahison, par lequel le général commandant supérieur de leur ville avait dissipé les ressources de la ville de Metz pour en nourrir l'armée campée hors des murs.

Pour résumer la conduite du maréchal Bazaine dans les deux mois et demi qui se sont écoulés entre la bataille du 18 août (Saint-Privat) et maintenant, nous dirons, en nous appuyant sur les faits cités plus haut :

1o Que le maréchal n'a jamais tenté depuis le 18 août une sortie sérieuse, et que ses essais d'attaque des lignes prussiennes n'ont été faits que pour lui servir plus tard d'excuses aux yeux de son pays et de l'histoire;

2o Que le maréchal ne voulait point tenter un effort suprême qui aurait, même en cas de succès, grandement désorganisé sa splendide armée et ne lui aurait plus permis à lui, commandant en chef de l'armée du Rhin, d'être l'arbitre des destinées politiques de la France ;

3o Ces mêmes considérations expliquent pourquoi le maréchal n'a jamais consenti à reconnaître le gouvernement de la défense nationale, et a cherché jusqu'aux derniers moments à rassembler les restes de la puissance bonapartiste dans le but de refaire un troisième empire ;

4o Une fois convaincu qu'il ne pourrait amener la France, et les Prussiens tout à la fois, à des idées de restauration des Bonaparte, qu'en ajoutant le désastre de la capitulation de l'armée de Metz et de la ville elle-même, à tous les malheurs qui pèsent déjà sur notre pauvre pays, le maréchal a pris à tâche de hâter le moment de la reddition.

Pour ce faire, il s'est refusé à diminuer à temps les rations de fourrages, laissant ainsi subitement les 25,000 chevaux composant sa cavalerie et traînant son artillerie, sans aucune denrée alimentaire, au lieu de faire durer le plus longtemps possible les ressources qu'il avait entre les mains au 1er septembre, date de sa dernière grande sortie.

De même, il n'a consenti à amoindrir les rations des vivres qu'après de longs délais, et alors que cette mesure n'avait plus qu'une utilité minime, puisqu'elle ne pouvait être exercée que sur une quantité peu considérable d'approvisionnements.

5° Bref en tous points, le maréchal Bazaine n'a agi que dans un seul but, être et rester maître de la situation politique en France, et croyant pouvoir se servir des Prussiens pour l'aider dans l'exécution de ses projets ambitieux, *il leur a livré sciemment* la ville et forteresse de Metz, ainsi que l'armée française de cent et dix mille hommes, campée dans l'enceinte retranchée.

# POST FACE.

Un tableau de désolation, comme celui qu'offraient Metz et l'armée, ne peut être retracé dans son horrible vérité que par celui qui a vu, senti, pleuré, saisi par la douleur d'un désastre, qui a pour première cause Sedan. Malheureusement Metz ne semble pas le dernier terme du Calvaire, où cet homme, ses conseillers et quelques-uns de ses généraux, ses *alter ego*, ont poussé la France, par leur mensonge et leur incapacité.

Tout ce qui arrive, la chute de Metz, quelle que soit la responsabilité que la fièvre d'une ambition malsaine et coupable reporte sur Bazaine, n'est que la conséquence de la politique de Napoléon III aboutissant à Sedan. La guerre a pour arène toute la France. Dans ce beau pays, qui était comme un foyer d'où la sympathie s'exhalait en brise vivifiante des peuples et de la civilisation, aujourd'hui il n'y a qu'une perspective, combattre et mourir. Le sang coule partout, l'incendie s'attaque aux villages, ces asiles du tra-

vail rustique, aux villes, ces ruches de l'industrie, orgueil
de la civilisation. Les hôtels, les palais les plus somptueux
sont des ambulances où l'horrible souffrance des blessures
tord la plus robuste jeunesse, en attendant qu'ils soient des
tombeaux. Malheureuse situation créée par un insensé, un
second Phaéton qui a renversé, dans sa présomptueuse
ignorance, le char de l'État dont il avait usurpé les rênes !
Toujours est-il qu'aucune vie, fortune, maison ne sont
sûres du lendemain, alors que la guerre prend le caractère
d'une commune extermination.

Le sang appelle le sang, doit crier l'humanité à Guillaume,
à M. de Bismark, à ceux que la triste fortune de la guerre
a conduit devant Paris, sur une route semée d'autant de
cadavres allemands que de français, sinon plus.

Que le roi Guillaume, son ministre, son peuple ouvrent
l'histoire, qu'ils songent à Dieu ! — Quand, sous le prétexte
banal des inconvénients d'une pitance de 25 jours, on lance
des nations, l'avenir de l'Europe, dans un pareil gouffre,
est-ce que tous ces spectres, ces deuils, ceux qui se projet-
tent à l'horizon, ne leur crient pas : « Hommes puissants,
mais sujets à la mort, comme tout être humain, n'arrivez
pas à cette fin dernière avec l'escorte des malédictions alors
que l'Europe vous crie par la voix de M. Thiers : Paix et
miséricorde ! »

Les deux récits suivants, du plus vif intérêt, appar-
tiennent, le premier, à la *Gazette de Cologne*, le second à
l'*Étoile belge*. Nos lecteurs de France surtout, qui n'au-
raient pas lu ces feuilles, y puiseront, comme nous-
même, d'inépuisables émotions.

# UN NOUVEAU ACCABLANT TÉMOIGNAGE.

Nous n'hésitons pas à sacrifier un chapitre qui, sous le titre : « *la sinistre lumière se fait,* » était l'épilogue de l'*Homme de Metz*. L'*Écho français* nous apporte le remarquable article du général Bisson. C'est la confirmation de nos promesses qui semblaient téméraires, au moment où ce journal caractérisait l'esprit de notre œuvre par une citation, — qui était une accusation contre le maréchal Bazaine. — Elle est confirmée par la voix d'un témoin que crédite l'autorité de la position et l'honorabilité du caractère. Nous lui laissons la parole. Les documents nouveaux que chaque jour apportent nous permettront, sans nul doute, incessamment d'attacher de nouvelles évidences. Les intrigues liées à la capitulation de Metz rappellent trop l'homme du Mexique. Ce n'est pas la reproduction de ce qui égara Dumouriez. Il y avait dans son aventure l'étourderie de l'esprit français se trompant de route. Mais le rôle étrange du maréchal Bazaine porte l'empreinte de la ruse, de la dissimulation, du *the treachery*, qui est l'empreinte du caractère du second empire. M. le général Bisson vient en témoigner.

# ASPECT DE METZ

## ET DE SES ENVIRONS

### APRÈS L'ENTRÉE DES PRUSSIENS

30 octobre.

Ce matin, dit le correspondant de la *Gazette de Cologne*, tandis que je me dirigeais d'Ars la Moselle vers Metz, j'aperçus de loin l'épaisse fumée des feux du camp français à travers laquelle je voyais percer la couleur rouge des manteaux des cavaliers. C'est là que l'armée prisonnière avait campé toute la nuit, sur le chemin de Jouy à Frescaty. Autour des feux se tenaient de beaux hommes à la tournure martiale, c'étaient les groupes des gardes ; jusqu'aux rives de la Moselle, aussi loin que pouvait porter la vue, s'étendait un campement aux mille couleurs bariolées, environné de nos postes.

Un autre cortége arrivait du côté de Frescaty ; c'étaient des bataillons entiers que l'or conduisait hors de la ville : de l'infanterie, de la cavalerie ; tous ces soldats avaient de fraîches couleurs, avivées sans doute par l'air du matin.

Peut-être l'imagination va-t-elle trop loin quand on se figure une armée forcée à capituler par la faim; mais toujours est-il que *cette armée-ci* s'est rendue avant d'avoir subi le martyre de la faim.

Impossible de voir un plus beau sujet pour un peintre que ce camp, qui, du reste, me rappelle beaucoup celui de Sedan. La route qui conduit à la ville, devant les tranchées de nos avant-postes, fourmillait également de soldats français de toutes les armes, qui se rendaient au camp en petites troupes. Les meurtrières pratiquées dans les murs des maisons et les barricades indiquaient, à droite, la ligne de nos postes, tandis qu'à gauche le fort Saint-Quentin dominait toute la vallée de la Moselle.

Les maisons bordant la route avaient beaucoup souffert des grenades du fort. Une barricade de gabions me montra la ligne française. Derrière elle on voyait des carcasses de chevaux parsemant la prairie jusqu'à la voie ferrée. Derrière les retranchements français, bâtis devant le viaduc, le spectacle était affreux : des squelettes déchiquetés, des cadavres de chevaux encore frais, sur lesquels on avait taillé d'immenses morceaux de viande. Des lambeaux de viande de cheval étaient suspendus aux murs des redoutes, et parsemaient le terrain détrempé par la pluie. On a dû abattre plus de 13,000 chevaux dans Metz, y compris peut-être les bêtes mortes de maladie, que les pauvres de la ville ont dévorées avec avidité.

On me dira que c'est là une preuve qu'on a tenu jusqu'au dernier moment. Mais on se trompe; le dégoût qu'inspire la viande de cheval n'est qu'un préjugé, et l'on nous en fait manger plus souvent que nous ne le croyons. Aujourd'hui, j'ai été cité à Metz, et je suis convaincu que la viande que l'on m'a servie avec une sauce piquante venait de quelque cheval blanc ou noir, sacrifié aux nécessités de la guerre.

Une horrible puanteur se dégage de ces redoutes. Le viaduc avait été fermé par de fortes barricades; un poste prussien s'y était déjà établi. C'est derrière le viaduc que les choses étaient au pis, c'est là que les troupes avaient campé. Des lambeaux de chair sanglante, des restes sans nom parsemaient les champs ; quelques-unes des baraques étaient dans l'état le plus misérable. Devant moi s'étendait le faubourg avec le fort de Montigny, tout était boue et corruption. Déjà des soldats prussiens sont installés dans les maisons ; aux vitres on voit les visages presque hébétés des habitants qui ne savent évidemment *s'ils doivent* se réjouir de ce que le siége est terminé, ou se lamenter à cause de l'occupation des Prussiens qu'ils détestent.

Partout des officiers français se tenaient devant les portes, la canne à la main, sans armes, sans abri, et cependant sans utiliser le délai qu'on leur avait accordé pour leur départ en captivité. De forts détachements prussiens passaient dans les rues que traversaient à chaque instant des cavaliers ; les charretiers se disputaient, les cris de commandement dominaient le bruit, et les cieux versaient sur tous une pluie torrentielle.

Derrière le faubourg les bivouacs de l'armée absente. Çà et là se dressaient encore les tentes trempées par la pluie, et pleines de désordre ; les troncs des arbres abattus étaient déjà tout noirs. Un rayon de soleil fugitif dora un instant la Moselle et disparut de suite. Les canons paraissaient encore sur les ouvrages élevés de l'extérieur. Toute la route, jusqu'au pont, était remplie de chevaux amaigris ; leurs cavaliers ivres et couverts de boue laissaient pendre les jambes d'un côté de la selle, criant et vociférant. Des bêtes affamées erraient en gémissant et cherchaient à brouter l'herbe rare. Des zouaves et des chasseurs ivres, après s'être roulés dans la boue, marchaient au hasard, la tête penchée, les bras levés au ciel.

Des centaines de soldats avaient des uniformes tellement maculés de boue qu'on pouvait à peine distinguer le rouge du pantalon. Des chariots renversés, des cadavres de

4

chevaux, des mules errant à l'aventure, des charrettes de
maraîchers, entourés de groupes affamés barraient le chemin. De longues files de véhicules contenaient les malheu-
reuses familles qui avaient quitté les campagnes pour se ré-
fugier dans la forteresse; ces charrettes étaient chargées de
caisses, de lits, de matelas, de canapés, de batteries de cui-
sine; les pauvres gens transportaient les objets de première
nécessité dans leurs demeures vides et probablement à demi
démolies. Les femmes, les filles aux yeux rouges, les hommes
au visage sombre, les nourrices avec leurs enfants dans les
bras, les vieillards courbés sous le poids des ans et du malheur : c'était une triste procession.

Dans des voitures fermées, couvertes de boue, et con-
duites par des domestiques en bourgeois, on distinguait les
visages inquiets de vieillards à barbe grise. C'étaient des
généraux, se rendant à leur destination en Allemagne et qu
sortaient de la ville aussi vite que possible, pour éviter d'être
insultés par leurs propres soldats et par le peuple. Quelques
gardes ivres assuraient avoir reconnu Bazaine dans l'une
des voitures, et proféraient les insultes les plus méprisantes.

Quand je passai sur le pont près la porte Serpenoise,
Sedan me revint à l'esprit, comme je l'avais vu le lendemain
de la capitulation : c'étaient les mêmes rues étroites rem-
plies de soldats désarmés, portant leurs petits paquets sous
le bras, une foule bariolée d'hommes dont les visages n'ex-
primaient que deux sentiments : une résignation passive ou
une sombre ironie; les bourgeois aux fenêtres ou aux portes,
les compères causant en groupes, les vainqueurs et les vain-
cus l'un à côté de l'autre, mais irréconciliables, comme
l'huile et l'eau; les magasins fermés avec ostentation ou à
demi-ouverts par contrainte; derrière les grilles des bou-
chers, des quartiers de cheval, les femmes en deuil, évitant
de regarder le vainqueur détesté; les hommes s'effaçant
d'un air qui pouvait passer pour de la politesse, mais qui,
en réalité, n'était pas plus inoffensif qu'une grenade chargée.

Inutile, pour les générations à venir, que nous espérions trouver chez cette population des sympathies pour nous. Ils nous haïssent plus que nous haïssons les Français, et si Metz doit rester à l'Allemagne, il faudra qu'un régiment de fer l'occupe. Toute bienveillance, toute douceur seraient méconnues par les Messins, et les bienfaits seraient semés sur un terrain de pierre.

Les rues de Metz étaient rem plies de soldats, et surtout d'officiers français, qui se réunissaient sur le seuil des maisons bourgeoises, se disant « au revoir » et « bon voyage » serraient la main aux bourgeois, et se préparaient à partir. Plusieurs des officiers étaient accompagnés de leurs femmes en deuil. Au coin des murs, on lisait un ordre officiel au sujet du voyage en Allemagne. Sur ces affiches, nos autorités militaires appelaient l'attention de messieurs les officiers sur le fait qu'un convoi extraordinaire pour 500 personnes partait l'après-midi pour l'Allemagne, et qu'ils pourraient y prendre place.

Sur 20 soldats français dans les rues, on voyait à peine un Prussien. S'ils eussent voulu nous tuer avec leurs bâtons, la peine n'eût pas été grande. Pourtant, comme à Sedan, tout alla tranquillement, aucun acte de violence n'eut lieu, même dans les cafés, où les Français et les Prussiens étaient confondus ensemble.

Lorsque j'entrai dans la salle à manger de l'*Hôtel du Nord*, je la trouvai remplie d'officiers français. J'étais dans le camp ennemi; pas un seul uniforme prussien. L'une des tables n'était qu'à demi occupée; je m'emparai d'une chaise.
— « Pardon, monsieur, les places sont prises pour les officiers! me dit l'hôtesse en me regardant par-dessus l'épaule.
— Pardon, madame, vous vous trompez, répondis-je; les officiers sont pris, mais pas les places. »
L'hôtesse reconnut que j'avais raison et me servit un « bœuf à la mode » qui, certainement, avait été enfourché jadis par un hussard ou bien avait traîné un canon quel-

conque. J'avais pris la précaution d'apporter d'Ars la Moselle un morceau de pain blanc, que je posai sur la table. —
Tiens, le joli pain ! s'écria un garçon en regardant le pain
blanc, comme si c'eût été une curiosité. Demain, nous aurons
aussi du pain blanc, ajouta-t-il, tandis que je soupesais de
la main le pain du siége. Il était lourd comme du plomb et
fait de seigle et de son.

---

S'il est de par le monde des esprits qui cherchent à excu-
ser l'acte par lequel Bazaine a souillé le drapeau français,
qu'ils se rendent à Metz, qu'ils parcourent la ville. Ils n'y
entendront que des paroles de malédiction contre celui qui
l'a livrée ; qu'ils parcourent les environs, jadis si riants, ils
n'y verront que ruines, douleurs, famines, maladies, toutes
les misères, provoquées, prolongées pour arriver à la trahison la plus basse dont l'histoire fasse mention.

Bien des cœurs se sont émus, bien des larmes ont coulé
au récit ou à la vue des malheurs dont la bataille de Bau-
mont a été le prologue et la reddition de Sedan le dou-
loureux épilogue ; mais que dire en présence de l'affreux
spectacle que présentent aujourd'hui Metz et les villages qui
l'environnent !

La plume est impuissante à retracer l'immensité de ce
spectacle de désolation.

Toutes ces belles promenades qui environnaient la ville,
ces pavillons élégants, ces riantes maisonnettes où le riche
et le bourgeois aisé venaient se délasser, les uns de leurs
ennuis, les autres de leur travail, tout cela est démoli, ra-
vagé.

Quatre villages ont été complétement incendiés. Moins
heureux que Bazeilles, aucune de leurs maisons n'a été
épargnée.

Plus de vingt mille arbres ont été abattus ici par les Français pour mieux attaquer l'ennemi ; là par les Prussiens pour

mieux se défendre contre les Français. Metz et ses fortifications apparaissent comme un point noir au milieu d'une plaine immense sur laquelle aurait passé un effroyable ouragan qui aurait tout entraîné, tout saccagé.

Çà et là des cadavres de chevaux. En entrant en ville par la porte de la Chambière et passant devant l'abattoir, on aperçoit, étendus dans la cour de cet établissement, plus de cent cadavres de chevaux qui, par suite de la capitulation, n'ont pas été livrés à la consommation et qu'on n'a pas encore eu le temps d'enterrer.

L'aspect de l'intérieur de la ville est des plus tristes et étrange tout à la fois. Un grand nombre de maisons sont fermées, les habitants sont silencieux, mornes, et dans les rues il règne une animation formidable ; la circulation y est des plus difficiles. Des milliers de Prussiens aux uniformes les plus divers circulent à côté des immenses convois militaires qui traversent la ville.

Toutes les places sont encombrées par le matériel abandonné aux Prussiens. Sur la place de l'Arsenal, sont rangés les canons et les mitrailleuses, sur celle de Chambre, les voitures du trésor ; sur celle de la Comédie, les voitures de l'intendance ; sur celle de Napoléon, les voitures qui servaient au transport des bagages des généraux.

Le préfet allemand est déjà installé dans l'hôtel de la préfecture, où il occupe les appartements où l'ex-empereur a mûri avec ses *illustres* généraux le plan de cette mémorable et douloureuse campagne.

Le général commandant militaire von Kummer s'est installé à l'*hôtel de l'Europe* avec tout son état-major, et à l'heure de son dîner, une musique prussienne vient exécuter les airs les plus variés sur cette même terrasse où, trois mois avant, se prélassaient, dans leurs brillants uniformes, les officiers d'état-major de Lebœuf et de Bazaine.

Les Prussiens ont déjà pris possession des églises, et dans les temples catholiques la grand'messe du dimanche est dite avec accompagnement de musique militaire prussienne.

Le dernier transport de prisonniers français avait quitté Metz la veille au soir. A part les médecins et quelques offi-ciers qui, par suite de fonctions spéciales, ont été autorisés à prolonger leur séjour dans la ville, l'armée française n'est plus représentée dans Metz que par ses plus tristes débris. On les voit en nombre considérable, ces malheureux soldats, se traînant péniblement, marchant à l'aide de béquilles, ou la tête enveloppée de linge, ou le bras en écharpe, hâves, dé-faits, amaigris, les traits dévastés par les souffrances et les privations, revêtus d'uniformes d'une nuance douteuse... tendant la main.

Hélas! oui, la chose est profondément triste à dire, mais elle est malheureusement vraie. Les soldats français men-dient dans les rues! Et qu'on ne dise pas qu'il s'agit de quel-ques cas isolés, cela est presque général. Ce qui pousse les malheureux à implorer la charité, c'est la faim; ce qu'ils de-mandent avant tout, c'est à manger. Les journaux ont annoncé que les Prussiens prévoyant la capitulation avaient envoyé à Metz des quantités considérables de vivres. Je ne sais jusqu'à quel point cela est exact, mais ce que je puis affirmer, c'est que dans les ambulances les convalescents, les blessés et les malades manquent de tout; c'est que dimanche dernier, c'est-à-dire huit jours après la capitulation, ces soldats ont reçu pour toute nourriture un biscuit!

Le *Comité du pain*, arrivé de Bruxelles depuis deux jours, avait distribué la veille à des militaires français qui s'étaient présentés à son dépôt, au delà de quatre cents pains, lesquels, afin de pouvoir secourir un plus grand nombre, avaient été coupés en deux parts égales. On engageait les malheureux à se représenter le lendemain, ce qu'ils n'ont pas manqué de faire.

Maudit Bazaine! s'écria un vieillard dont la boutonnière était ornée d'une rosette de la Légion-d'Honneur et qui assis-tait à cette distribution, maudit soit le traître! Tenez, monsieur, continua-t-il, s'adressant à moi, ce que ce lâche a employé de ruses pour *avachir* l'armée est inouï. Pour arriver à son but infâme, il a eu recours aux ruses les plus machiavéliques. Qu'il soit maudit !

---

Nous enregistrons deux témoignages justificatifs de la douleur et de l'indignation qui ruissellent dans nos pages. Le premier est de M. Ch. Barruel, négociant en Autriche; c'est la communication de la lettre suivante d'un de nos prisonniers de guerre en Prusse :

Octobre 1870.

Nous sommes enfermés dans la citadelle de..., couchés sur de la paille dans les casemates humides en diable, et dévorés de moustiques et de vermine. Sortir est inconnu ! Quand on a besoin de quelque chose, on remet l'argent au caporal prussien, qui vous apporte l'objet demandé en faisant un certain bon dessus.

La nourriture se compose de deux repas : à dix heures, premier repas, des pommes de terre écrasées dans l'eau et un petit morceau de viande, gros comme trois dés à jouer; à quatre heures du soir, pommes de terre écrasées dans l'eau, et ainsi de suite tous les jours.

Quant aux traitements, ils sont ignobles. A chaque minute du jour, on fait sortir les hommes des casemates pour faire un appel, et il faut sortir au plus vite, sans cela ils vous aident en vous poussant brutalement et même en vous frappant.

Et encore, nous autres de la citadelles, nous ne sommes pas les plus malheureux. Ne pouvant loger tout le monde

entre les murs, ils ont formé un camp où trois mille malheureux sont exposés au froid et à la maladie. La dyssenterie les
décime, et chaque jour quatre ou cinq de nos malheureux
frères expirent en maudissant la Prusse.

A propos des prisonniers français, on a renouvelé les souffrances des pontons anglais. On a envoyé à Hambourg 700
prisonniers qui sont logés en rade sur des pontons ; ils ont à
peine la place pour se coucher, et n'ont que deux heures par
jour pour prendre l'air sur le pont. On a choisi pour les souffrances principalement les tirailleurs et les zouaves.

Je vous remercie de la bonté que vous avez eue de me faire
parvenir de l'argent ; c'est un véritable soulagement pour
moi, car la ration de pain est trop minime et suffirait à peine
à calmer l'appétit d'un enfant.

Et puis, quel pain ! Notre pain de munition de France est
un véritable gâteau auprès de cela.

Je suis prisonnier à Mayence. Nous avons la mort dans
l'âme. Je ne puis protester avec assez d'indignation contre le
piége infâme dans lequel la trahison de Bazaine et de ses
collègues a fait tomber toute une armée qui ne demandait
qu'à se sacrifier pour le salut de la patrie, et dont le déga-
gement — possible jusqu'au dernier moment — aurait pu
changer la face des choses. A bientôt des détails sur la conduite des misérables qui nous ont infligé une honte aussi
cruelle qu'imméritée.


EUGÈNE CLERC,

*Chef d'escadron d'artillerie.*

# 6ᵉ CORPS. — 2ᵉ DIVISION MILITAIRE.

## CABINET.

Trèves, le 4 octobre 1870.

Plusieurs journaux belges et français ont produit sur la capitulation de Metz des articles inexacts. Pour l'honneur de l'armée française et des généraux en sous ordre, il est indispensable que l'Europe sache que, dans aucune circonstance, les généraux commandant les divisions et les brigades de l'armée de Metz n'ont été consultés. Chaque fois que les commandants de corps d'armée les ont réunis, c'était non pour leur demander leur avis, mais pour les informer des faits accomplis. Il faut donc que la responsabilité tout entière des fautes commises retombe sur le général en chef et les chefs de corps d'armée ci-dessous désignés : Bazaine, général en chef. — Canrobert, commandant le 6ᵉ corps. — Le Bœuf, le 3ᵉ corps. — Ladmirault, le 4ᵉ. — Frossart, le 2ᵉ, et Desvaux, la garde en remplacement de Bourbaki.

Le 8 octobre, par ordre du général en chef, les commandants des corps d'armée réunirent chez eux les généraux de division, afin de les informer qu'il ne restait plus à l'armée que pour huit jours de vivres, en réduisant la ration d'un tiers, et que la ville de Metz en avait tout au plus pour une dizaine de jours, qu'il fallait prendre un parti avant l'épuisement total de nos provisions de bouche; quant à nos munitions de guerre, l'artillerie avait encore assez de projectiles et l'infanterie une quantité suffisante de cartouches pour livrer une bataille.

Afin de ne pas m'écarter de l'exacte vérité, je m'abstiens de parler des autres corps d'armée, je citerai seulement, mot pour mot, tout ce qui a été dit et fait dans le 5ᵉ corps, auquel j'avais l'honneur d'appartenir. M. le maréchal Canrobert, après nous avoir lu la lettre du général en chef, faisant connaître la triste situation dans laquelle se trouvaient l'armée et la ville de Metz, se retira en nous priant de tenir conseil sur la conduite que les circonstances nous dictaient. — Le 6ᵉ corps d'armée était composé de 4 divisions d'infanterie et une de cavalerie commandées par MM. les généraux Tixier, Bisson, La Font de Villiers, Levassor, Sorval et du Barrail. Bien qu'ils n'eussent jamais été consultés jusqu'alors, pour les opérations militaires qui avaient amené cette fâcheuse situation, dans l'intérêt de l'armée, les généraux de division du 6ᵉ corps consentirent à proposer la capitulation suivante :

« N'ayant plus de vivres, l'armée de Metz consentirait à
» capituler à condition quelle rentrerait en France avec dra-
» peaux, armes et bagages, pour se retirer dans une des villes
» du Midi, s'engageant à ne pas servir contre la Prusse pen-
» dant le reste de la campagne, que la ville de Metz serait
» libre de continuer sa défense. Si ces conditions n'étaient
» pas acceptées par l'ennemi, nous étions résolus à poursui-
» vre un passage les armes à la main et à nous faire tous
» tuer plutôt que de nous rendre. »

Ce procès-verbal, signé par les cinq généraux commandant les divisions du 6ᵉ, fut remis au maréchal Canrobert, avec prière de le transmettre au maréchal Bazaine, commandant en chef. — Bien résolu à ne pas accepter la moindre condition humiliante, j'adressai, le lendemain, une proposition au maréchal Canrobert en le priant de la communiquer au maréchal commandant en chef. Je demandais qu'on formât une avant-garde composée des bataillons de chasseurs à pied au nombre de 6 et des compagnies d'éclaireurs de tous les corps d'armée, ce qui faisait un total de 10,000 hommes. Si l'on voulait m'en confier le commandement, je me chargeais d'ouvrir un passage à l'armée en m'emparant des hauteurs boisées qui vont presque jusqu'à Thionville en longeant la rive gauche de la Moselle ; par ce moyen, nous tournions les batteries ennemies établies à Saulny, Norroy, Bellevue, Fèves et Semécourt.

L'armée pouvait, passant au-dessous des bois, éviter l'artillerie placée sur la rive droite de la rivière et, protégée par nos troupes, n'aurait eu à se défendre qu'à l'arrière-garde. Culbutant devant nous les faibles lignes que les Prussiens avaient dans la vallée, nous pouvions, dans la journée, gagner Thionville, et de là nous diriger sur Mézières en longeant la frontière, au pis aller nous jeter dans le Luxembourg. Malheureusement ma proposition resta sans effet, et Son Excellence ne daigna pas me répondre.

Le 11, nous apprîmes que le général Boyer, désigné par le commandant en chef pour traiter de la capitulation, était parti pour Versailles.

Le 18, le maréchal Canrobert me fit appeler à 7 heures du matin ; il feignit ne pas connaître les nouvelles apportées dans la nuit par le général Boyer, il m'interrogea longuement sur mon opinion en cas de refus de l'ennemi d'accepter des conditions honorables. Je lui répondis que le seul parti à prendre était celui que j'avais proposé, c'est-à-dire gagner Thionville par les hauteurs boisées. La conversation en resta là.

Le même jour, à deux heures de l'après-midi, les commandants du corps d'armée réunirent les généraux de division,

les chefs de service et chefs de corps, pour les entretenir
sur les projets du général en chef et les résultats de la démarche faite par le général Boyer, rentré de la veille au
grand quartier général.

Dans la réunion des généraux de division du 6e corps, le
maréchal Canrobert fut excessivement embarrassé dans les
détails sur la mission du général Boyer.

Il parla longuement pour ne rien dire, sa voix tremblait,
et, après bien des circonlocutions, il finit par nous dire que
le roi de Prusse ne voulait pas reconnaître le gouvernement
de la défense nationale, mais qu'il traiterait volontiers et au
grand avantage de l'armée française avec le gouvernement
de la régence, qu'en conséquence, le général en chef allait
de nouveau envoyer le général Boyer, pour décider l'impératrice à accepter cette proposition.

Le maréchal nous engagea à réunir les officiers pour leur
faire bien comprendre la triste position dans laquelle se
trouvait l'armée et leur dire que le seul moyen d'en sortir
était d'établir en France le gouvernement de la régence, que
pour arriver à ce résultat il n'y avait que quelques jours à
attendre, que l'armée serait dirigée, avec drapeaux, armes et
bagages sur une ville de France, où l'on proclamerait le nouveau gouvernement, qu'on comptait sur le dévouement du
soldat pour prendre patience encore quelques jours, que,
faute de pain, on augmenterait d'un tiers la ration de viande
de cheval. Les officiers acceptèrent la proposition du commandant en chef comme seul moyen de rentrer en France
avec les honneurs de la guerre, mais parmi eux pas un n'aurait consenti à imposer le gouvernement à notre pays.

Le même jour, ordre fut donné de se tenir prêt à partir au
premier signal; on donna à tous les états-majors le plan des
attaques prussiennes, non pas pour les leur faire connaître
dans la prévision d'un assaut, mais pour faire accepter aux
officiers ce que l'on voulait d'eux en cherchant à les intimi-
der par la quantité et la force des ouvrages prussiens. Cette

mesure était une fourberie de la part du commandant, car, une fois prisonniers, nous pûmes, en passant les lignes, nous rendre un compte exact de la fausseté des plans qui avaient été communiqués.

Les avant-postes de Ladonchamp et de la ferme Sainte-Agathe, qui occupaient toute la partie de la plaine de la Moselle faisant face à Thionville, furent retirés, les officiers prussiens vinrent serrer la main aux officiers français, se chargèrent de leurs lettres, et leur dirent qu'ils partaient pour Maizières, tous les avant-postes furent retirés, on paya aux officiers de tous grades un mois de solde de France, c'est-à-dire solde sans accessoires. On demanda de suite un supplément de propositions, pour des récompenses : en un mot, on fit tous les préparatifs d'un prochain départ.

Le 24, à cinq heures du soir, le maréchal Canrobert réunit ses généraux de division, pour annoncer le refus de l'impératrice. Un seul espoir, disait-il, nous restait; le général Changarnier s'était rendu auprès du prince Frédéric-Charles, afin de lui proposer de faire appel aux anciens députés de l'Empire. Ceux-ci devaient nommer un gouvernement que nous ferions accepter par la France.

Lorsque le maréchal eut fini de parler, je lui fis observer que cette démarche était une feinte, la réunion de l'ancienne Chambre étant impossible, la France ne voulant pas plus de ses députés qu'elle ne voulait de la régence; j'ajoutais que l'armée se regardait comme trompée, persuadée qu'elle était de l'autorisation accordée par S. M. le roi de Prusse de sa rentrée en France avec drapeaux, armes et bagages, mais que les généraux en chef, trop compromis pour l'y suivre, songeaient à la livrer à l'ennemi, pour se constituer prisonniers avec elle, afin de sauver leur vie et leur fortune.

Le maréchal Canrobert repoussa l'accusation que je portais contre le général en chef, tout en partageant mon opinion sur l'impossibilité de la démarche tentée par le général Changarnier. — Deux jours après, le maréchal Canrobert nous réunit pour la dernière fois, et nous annonça qu'une capitulation, acceptée par le général en chef, nous constituait prisonniers de guerre, car le prince Frédéric-Charles ne voulait entendre parler d'aucune autre condition.

Indigné du mépris avec lequel le prince traitait une armée qui l'avait toujours loyalement et vaillamment combattu, je demandai au maréchal à faire un appel à nos troupes pour réunir 10,000 hommes de bonne volonté et marcher à leur tête, non pas pour percer la ligne et nous sauver, mais pour marcher sur Ars, quartier général du prince, m'emparer de ses canons et le faire fuir devant cette armée à laquelle il refusait les honneurs de la guerre.

Le maréchal me répondit que cela n'améliorerait pas le sort de l'armée et ne ferait que l'aggraver. Toute résistance aux ordres de nos chefs étant impossible, nous dûmes nous soumettre à ces honteuses conditions acceptées par eux. — Le lendemain nous rendîmes nos armes, et le jour suivant, nous livrâmes à l'ennemi nos braves soldats dignes d'un meilleur sort.

Et nous nous constituâmes prisonniers.

Voilà, monsieur, où nous a conduits la fourberie des chefs que nous avait donnés l'empereur.

Mais une dernière infamie devait mettre le comble à ces honteuses menées : le 28, à dix heures du soir, les généraux de division recevaient la lettre confidentielle suivante :

« Général,

» Veuillez donner des ordres pour que les aigles des régiments d'infanterie de votre division soient réunies, *ce soir*, dans le logement que vous occupez. Demain matin, à sept heures, elles seront transportées, par les soins du général commandant l'artillerie, dans un fourgon fermé, sous l'escorte d'un officier et de maréchaux des logis d'artillerie, à l'arsenal de Metz ; elles devront être enveloppées de leurs étuis, et vous préviendrez les chefs de corps que ces aigles SERONT BRULÉES à l'arsenal. Le directeur de cet établissement les recevra et en délivrera des récépissés aux corps.

» LE MARÉCHAL DE FRANCE, COMMANDANT LE 6e CORPS D'ARMÉE.

» *Par ordre : le général chef d'état major général,*

» (*Signé*) : HENRY. »

C'était un nouveau mensonge, les aigles n'ont pas été brûlées, mais bien livrées à l'ennemi comme le dernier trophée de notre honte.

LE GÉNÉRAL COMMANDANT LA 2e DIVISION DU 6e CORPS D'ARMÉE

BISSON.

---

Le matériel de guerre pris à Metz est évalué à 88 millions, il y a surtout de grandes provisions de fusils chassepots, en dehors des 150,000 fusils que les prisonniers ont dû rendre.

Tous les officiers, soldats, échappés de Metz, sont unanimes pour maudire Bazaine, Lebœuf, Frossard, Coffinières, y compris l'entraîneur de la mort, Napoléon III.

# LA MORALE DE L'EXPOSÉ.



A l'aide de ce que nous venons de dire et des documents les plus irrécusables de cette ténébreuse affaire de Metz, on découvre l'abîme que peut creuser le machiavélisme d'un chef qui organise ou favorise la trahison. Quel mot terrible, boîte de Pandore où ne se cache pas même au fond l'espérance ! Jamais l'anathème n'a eu plus de motifs légitimes d'éclater. — L'autopsie du cadavre de l'empire montre le virus grangreneux de la démoralisation inoculée à la France par le régime et les procédés bonapartistes.

Le suffrage universel, c'est-à-dire la loi du nombre, peut, en faisant son *meâ culpâ*, reconnaître qu'il y a deux espèces de bergers loups, les autoritaires du césarisme, les démagogues du socialisme. Voilà les deux écueils ; l'un s'appelle Charybde, l'autre Scylla.

Le malheur qui est venu frapper de son gantelet de fer les fauteurs, c'est-à-dire la cupidité des uns, l'ignorance des

autres, fera-t-il comprendre qu'il faut procéder autrement.
Il y a nécessité absolue sous peine de mort de remettre le
mandat législatif et la direction politique à des hommes qui
savent, et ont fait preuve de capacité et de dévouement. Trop
longtemps le peuple, en se laissant tour à tour aller aux
images de la fausse gloire, aux sortiléges des doctrines et
programmes décevants, a tout simplement voté sa mort. Il
avait son sort dans ses mains. Il n'a pas su discerner le bon
grain de l'ivraie, le patriotisme éclairé du charlatanisme de
ses empiriques. Il le paie cher. C'est qu'en vérité les fautes
commises ne semblent pas à leur sinistre lumière, se proje-
tant sur des ruines, avoir dissipé les illusions. Mieux serait
de le reconnaître par l'expiation à laquelle pour leur faux
pas, n'échappent ni les nations, ni les individus. C'est une loi
providentielle. La religion l'enseigne, l'histoire le con-
state.

Il n'y a pas de milieu : il faudrait pour nous rédimer des
périls, des désastres accumulés par l'empereur, une guerre
sainte qui, transformant chaque Français en hussard de la
mort, ferait tressaillir le sol jusque dans ses fondements. Il
ne faut pas se le dissimuler, l'empereur a pour longtemps
produit l'éclipse sanglante de la vertu militaire de la France.
C'est pourquoi nous pensons qu'à l'intelligence, à la grandeur
morale, alvéole de toutes les autres supériorités, il appartient
de relever la France.

Quant à l'armistice, pour le faire aboutir, il aurait fallu
que le gouvernement et la nation représentés par des délégués
élus pour l'assistance du conseil de la défense nationale, se
solidarisassent dans une pensée et but identiques. Il aurait
fallu remettre à l'éminent négociateur un mandat propre à
favoriser sa laborieuse mission. Est-ce ce qui a été fait ? —
Nous ne le pensons pas. Dans cette difficile question, qui
en renfermait tant d'autres graves, il ne fallait pas de tirail-
lements. C'est dans ces conditions, en s'élevant au-dessus
des impressions populaires, que le gouvernement provisoire,

avec les sympathies actives des neutres, pouvait aboutir. Nous ne sommes pas seul à penser que des circulaires et des discours, comme ceux de Tours, n'ont pas fait la voie pacifique. Ils infirmaient l'autorité et la chance des négociations, en fournissant un nouveau prétexte aux défiances manifestées par M. de Bismark. Dès lors, la tâche de M. Thiers devenait impossible, aussi a-t-il été rappelé. En brusquant moins, en restant plus dans les pratiques de modération que commande la diplomatie, il était possible, non sans difficulté, de ménager néanmoins une transaction. Tout en tenant compte des lois et des exigences que crée la guerre, il n'eût pas été impossible, en ce qui concerne un ravitaillement déterminé et proportionnel, autorisé pour Paris, que la voix de M. Thiers, secondée par les neutres, n'eût fait prévaloir la loi de l'humanité.

Ce dialogue n'a-t-il pas été interrompu trop vite ? Sans doute, il y a de quoi bondir devant certaines prétentions, mais la politique impose de se retenir, en s'inspirant de grandes considérations, elle prescrit de ne pas sentir, conclure, comme peut et doit le faire celui qui n'a que son individualité dont le sacrifice lui est loisible. Ceux qui ont charge d'âmes, c'est-à-dire du salut d'un peuple, doivent avoir un autre horizon plus philanthropique. Il est affreux de compter des deux côtés les victimes, d'entrevoir encore les hétacombes de sang et les monceaux de ruines que va entraîner ce nouvel arrêt à demander à la guerre. Mille fois nous eussions préféré celui de la raison, de la sagesse politique. Ah ! Seigneur, vous qui tenez dans vos mains les cœurs des peuples, la volonté des chefs, faites descendre au milieu de leur route sinistre jonchée de tant de destructions, un rayon de votre miséricorde, par la paix! C'est donc à cette fin civilisatrice et chrétienne que doivent tendre les efforts et les missionnaires de l'humanité. Ce n'est pas moins l'intérêt de l'Allemagne qui pleure ses fils, que celui de la France et vœu croissant de l'Europe. Que Dieu lui soit propice !

# UN ÉCLAIR SUR L'ABIME

L'ÉTRANGE COMPLOT. — BAZAINE

LE PRINCE FRÉDÉRIC-CHARLES. — L'IMPÉRATRICE

L'EMPEREUR. — BISMARK. — DÉROUTE

Au moment où nous venions de publier la première édition de cette brochure, aussitôt épuisée qu'apparue, Londres nous envoie, en langue anglaise, le curieux récit de M. Regnier. C'est le messager qui a poursuivi un traité entre la dynastie napoléonnienne, M. de Bismark, Bazaine, l'intriguant de bas étage politique. L'habile chancelier, celui-ci ne laissant pas pâlir son étoile, s'est joué de tout ce monde-là. Il est coutumier du fait. Ceux qui liront ces lignes n'ont qu'à se reporter à l'*Homme de Sedan*.

Notre pronostic est réalisé. Il est des situations qui se plient un instant jusqu'à écouter des dévergondages de l'esprit, ou les folies d'une criminelle ambition, mais les servir, encore moins s'y solidariser, impossible. Si ce n'est point le cas de conscience qui met le veto, c'est le respect de soi-même, c'est la tactique habile qui dédaigne les aventuriers et ne se met pas dans leur jeu.

Grâce à cet écrit, les complots, les allées, les venues qui ricochaient de Metz à Chislehurt, de Wilhemshœhe à Versailles, ne sont plus le mythe d'une imagination romantique. — C'est une conception machiavélique que l'événement a frustrée. A défaut des hommes hallucinés par des rêves insensés, on dirait, en vérité, que les choses viennent par une logique naturelle remettre chacun à sa place.

Comme toujours, dans les intrigues de ce genre, là où une femme est un pivot de la machination, se trouve nécessairement une confidente. Ce rôle est dévolu à une madame Lebreton.

Celle-ci est avisée par une lettre des projets de M. Regnier : c'est un Français chassé de l'invasion, avec un confortable revenu, qu'il a eu le soin de placer à l'abri en Angleterre. Le rendez-vous qui doit les mettre en rapport est pris à Hastings. — On s'aborde. — Ensuite quelques jours se passent en préliminaires et correspondances. Le 17 septembre, M. Regnier réapparaît, avec une photographie du prince impérial, portant ces mots de sa main : « Mon cher papa, je vous envoie ces vues de Hastings, espérant qu'elles vous plairont.
» Louis-Napoléon. »

Laissons la minutie des détails de cette intrigue, détachons-en les principaux traits.

Le 20 septembre, le jour de l'entrevue de J. Favre avec le comte de Bismark, M. Regnier était lui-même en face du chancelier du Nord. Laissons la parole à cet émissaire occulte qui, nouvel Atlas, veut porter un empire sur son épaule : il oubliait que la fable ne peut projeter ses merveilles, au sein des lugubres réalités de 1870, et des ressentiments qu'elles roulent chaque jour plus impétueux.

» Le comte s'assied à son bureau, m'invitant à en faire autant. J'ouvris mon portefeuille et je lui montrai la photographie de Hastings. Après qu'il eut réfléchi quelque temps, je le regardai en face et je lui dis : « Je suis venu, comte, vous demander de m'accorder une passe qui me permettra d'aller à Wilhemshœche, déposer cette image, aux mains de S. M. » Il me regarda fixement, à son tour, il y eut une pause de silence et me tint ce langage :

« Monsieur, notre position est devant vous. Que pouvez-vous nous offrir ? Avec qui pouvons-nous traiter ? Nous avons la résolution inébranlable de profiter de notre situation présente, pour éviter à l'avenir, au moins durant une longue période, toute nouvelle guerre avec la France. Pour obtenir ceci, une modification des frontières de ce pays nous est indispensable. — D'un autre côté, nous nous trouvons en présence de deux gouvernements, l'un de fait, l'autre de droit. Nous ne pouvons pas changer leur position et il nous est difficile, sinon impossible, de traiter avec l'un ou l'autre.

Les puissances neutres seraient heureuses de voir la situation s'éclaircir. L'impératrice régente a quitté le territoire français, et depuis lors n'a donné aucun signe de vie. Après la prise de Sedan, un traité aurait dû être signé ; quelques mots que j'ai dits à M. de Castelnau et Piétri, s'il y avait eu du bon vouloir, pouvaient ouvrir de très-sérieux pourparlers, mais ils n'ont pas paru comprendre.

Le gouvernement provisoire de la défense ne veut pas, ou ne peut pas accepter la condition d'une diminution de territoire, il se borne à proposer un armistice, afin de consulter le peuple français sur la question. Nous avons ici 400,000 hommes qui vivent sur le sol occupé et conquis. Quand Metz et les autres villes auront capitulé, nous aurons 5 à 600 mille soldats qui peuvent rester ici *l'hiver*. Quand nous nous trouverons nous-même en face d'un gouvernement de *fait et de droit propre à traiter sur la base que nous proposons, alors nous traiterons*. Quant à présent, il est inutile de faire connaître nos demandes, par rapport à une cession de territoire, en voyant qu'elle est déclinée d'une manière absolue (*in toto*). »

Le second jour, après l'entretien de M. Jules Favre, M. Regnier est de nouveau introduit auprès du comte de

Bismark, il propose à ce dernier d'aller à Metz, à Strasbourg, voir le commandant en chef de chaque place, et faire un arrangement, d'après lequel ces forteresses seront rendues au nom de l'empereur. Voici la réponse du chancelier, qu'il faut lire avec l'attention qu'appellerait une page ouverte du livre du destin. Il semble la forme mystique et terrible à la fois de Cromwell, quand la terrible voix, qui était son génie, plaçait, sur ses lèvres les paroles qui devaient inscrire dans l'histoire des événements aussi lugubres que le langage :

« Monsieur, le destin a déjà décidé ; vous aveugler vous-même, sur ce fait, n'est pas le propre d'une nature qui se domine, mais la preuve de l'indécision du caractère qui se laisse aller aux illusions. Rien ne peut empêcher que ce qui est ne soit. Pouvez-vous nous placer en face d'un pouvoir capable de faire un traité? Vous aurez rendu un grand service à votre pays.

Je donnerai des ordres pour qu'un sauf-conduit (général) vous soit délivré, qui vous permettra de voyager dans toutes les possessions allemandes, et les places occupées par nos troupes.

Un télégramme vous précédera à Metz, qui y facilitera votre entrée. »

Ce firman fut délivré, en effet, et le 23 septembre M. Regnier se trouvait en présence de Bazaine. Écartant les détails futiles et banals, nous allons au cœur même de la question. C'est pourquoi il convient de reproduire Bazaine dans la désinvolture de sa suspecte attitude.

« Il commence par protester de la pureté de ses vues ; ajoutant qu'il ne pouvait pas répondre de la garnison de Metz, mais seulement de l'armée devant Metz. Je lui dis qu'au lieu d'envoyer le colonel Boyer, il devait, sans soumettre les considérations militaires à la politique, faire des premières l'auxiliaire de celle-ci. Il est évident que le maréchal ne peut pas répondre pour le général Coffinières. Mais sa généreuse offre de se mettre lui-même à ma disposition me permettrait, sans le sacrifice des intérêts militaires à la politique, d'obtenir du comte de Bismark (dont c'était aussi l'intérêt) les meilleures conditions par rapport à l'état précaire de la dynastie. — Bazaine m'expliqua ses conditions ; il me dit que les termes « avec les honneurs de la guerre » comprenaient toutes choses. » — Nous négligeons les détails secondaires.

M. Regnier laissa le maréchal Bazaine après une cordiale poignée de main et de bons souhaits mutuels. Peu après il confiait au général Bourbaki deux lettres, dont une pour S. M. l'Impératrice.

Avant de le quitter, il lui répéta plusieurs fois ce qu'il avait à faire et à dire.

Le 24 septembre, le messager se retrouvait dans le cabinet du comte de Bismark. Parmi les traits saillants de cet entretien, il faut remarquer ce qui se rattache au prince Frédéric-Charles. C'était tout un plan pour traiter de la paix, avec le gouvernement de la régence, appuyé par la Chambre des députés, le Sénat, et défendu par une portion de l'armée sous le commandement d'un maréchal de France.

M. Régnier pouvait assurer le prince que, par suite des intentions du maréchal Bazaine, *une fois l'accord fait*, *S. A. R. aurait* 120,000 *hommes disponibles pour être transportés où il les jugerait utiles.* Il lui répondit que rien ne pouvait être fait *jusqu'à ce que la ville se fût rendue.* Les deux maréchaux Canrobert et Lebœuf étaient d'accord sur tous les points.

Là se trouve un exposé de vues qui brillait comme une lueur trompeuse, puisque, à travers les rêveries de ces hommes de rang si divers, on marchait à un abîme faisant suite à celui ouvert par l'empereur à Sedan. — C'est bien là que se trouve l'à-propos de cette parole de l'Écriture : *abyssus evocat abyssum.*

Au milieu de toutes ces menées, le profond, impénétrable

chancelier de la Confédération du Nord, dont le concours n'était probablement qu'une feinte de son habile jeu, envoyait une dépêche à Bazaine, lui demandant s'il autorisait M. Regnier à traiter pour la capitulation de Metz. — C'était le récif où la barque fragile de l'intrigue devait sombrer. — Le maréchal, sanguin comme le sont souvent les militaires qui, égarés dans la politique, croient pouvoir trancher le nœud gordien avec leur épée, fut réduit à cette réponse équivoque : « Je ne puis pas répondre affirmativement à ces questions ; j'ai dit à M. Regnier que j'étais dans l'impossibilité d'effectuer (*to arrange*) la capitulation de la ville.

Le négociateur frustré atteint Chileshurt le 4 octobre, où il trouve le général Bourbaki, qui n'avait absolument rien fait pour le progrès de l'affaire remise à ses soins.

Cet exposé se termine par un pathétique et émouvant tableau. Il s'agit de l'effroyable misère qui s'étend partout. Cette désertion des villages, cet abandon de la terre, cette détresse qui laisse sans asile, sans nourriture, sans sécurité le travailleur comme le riche réduits à errer. On dirait qu'on est transporté aux jours lamentables dont les historiens anciens, Gibbon, Châteaubriand nous ont laissé ces lamentables descriptions. Là, c'est la réalité qui revient accablante : le regard clairvoyant pouvait discerner, au milieu de l'ivresse des adulations criant longue vie et joie, une figure livide. Elle projetait sa menace lointaine. Tout à coup elle entre brusquement, éteint la clarté des lustres, glace le sourire de la beauté, souffle sur les plus belles fortunes qui s'écroulent telles que des châteaux de cartes, et sème partout l'épouvante, la mort, la désolation. — Ce mauvais génie de la France, c'était la fatalité de l'empire. Mais il faut être juste, le mauvais génie de la république, ce serait l'audace de la démagogie. Qu'on y prenne garde. Les Esquiros, les Cluseret, les Flourens, les Pyat, c'est le sans-culottisme, c'est-à-dire l'impuissance devant les légions disciplinées de la Prusse : c'est pire encore, c'est la décomposition sociale qui, inaugurée par la France, dévorerait successivement les forces virtuelles des États et l'existence de l'Europe. Il faut en finir avec le règne de la violence et l'effusion du sang : car il en surgirait une révolution qui ferait de l'indignation barbare des peuples le linceul des rois violations de l'humanité.

Nous croyons avoir démontré le triste rôle du maréchal Bazaine : voici le témoignage de MM. Nazet et Spoll qui reste acquis à l'instruction criminelle dont nous avons pris l'initiative.

« C'était Changarnier qui avait fait sonner la charge, à la sortie du 31 août, et nos soldats, retrouvant leur ancienne façon de combattre, avaient brillamment renversé tous les obstacles que leur opposait l'ennemi.

Au lieu de profiter, pendant la nuit, d'un avantage aussi décisif, et d'opérer une facile trouée, on laissa à l'ennemi le temps de se reconnaître et d'appeler à son secours les forces disséminées de l'autre côté de la Moselle.

Le 1er septembre au matin, une partie des villages abandonnés la nuit par des régiments qui n'étaient point suffisamment soutenus, furent réoccupés sans coup férir par les troupes prussiennes, et nos tirailleurs abandonnés par l'artillerie se voyaient obligés, après une défense héroïque, de battre en retraite et de regagner leurs campements.

Tout fut mené de la sorte. Aux combats des 7 et 8 octobre, dans la plaine de Thionville, deux régiments de voltigeurs de la garde, le 1er et le 3e, se battirent comme des lions et, emportés par leur ardeur, enlevèrent à la baïonnette deux batteries prussiennes. Loin de les soutenir, on fit sonner la retraite et les voltigeurs se virent forcés d'abandonner leur prise, après avoir laissé nombre d'entre eux sur le champ de bataille.

Toujours renfermé dans son repaire de Ban-Saint-Martin, fuyant la lumière du jour, muet et invisible, que faisait-il ?...

Avant de livrer son armée, il avait fait répandre dans les camps que les soldats, au lieu d'être emmenés en captivité, seraient renvoyés dans leurs foyers ; ce ne fut que peu de jours avant qu'il donna pour mot d'ordre aux officiers supérieurs d'*habituer les soldats à l'idée d'aller en Allemagne*.

Plus tard, après la capitulation, alors qu'il s'était réfugié à Ars, d'où il est parti au milieu des malédictions de toute la population qui jetait des pierres dans les glaces de sa voiture, il faisait répondre par son neveu à ceux qui l'accusaient de n'avoir pas sauvé nos soldats par une tentative désespérée :

« Que voulez-vous? l'armée ne tient pas. »

Impudent blasphème, car l'armée a été brave entre toutes, et chaque fois qu'elle a pu aborder l'ennemi, elle l'a fait reculer.

Comment se fût-on plaint? La presse était bâillonnée et soumise à la plus rigoureuse censure.

Nous avons entre les mains les épreuves d'articles supprimés ou tronqués par le crayon du général Coffinières, dont le dernier exploit a été de faire arrêter par les Prussiens un journaliste courageux, M. Mayer. Ils prouvent que le commandement supérieur de la place, qui obéissait aveuglément aux ordres de Bazaine, coupait avec soin, non-seulement tout ce qui semblait dirigé contre le général en chef, mais encore tous les articles et jusqu'à des passages susceptibles de relever le moral et d'entretenir le courage des habitants et de l'armée.

Bazaine avait, soit par lui-même, soit par l'entremise de MM. Boyer ou Jarras, des entretiens secrets avec le prince Frédéric-Charles.

Pas si secrets cependant que l'on n'en ait eu vent à Metz, et que les Prussiens eux-mêmes, bien qu'ils n'aient guère à s'en vanter, aient ouvertement avoué que notre général en chef était très-souvent chez eux.

Une preuve de la trahison, écrasante celle-là, nous vient encore de l'ennemi lui-même.

Longtemps avant la capitulation, les officiers prussiens parlaient à Nancy de leur prochaine entrée dans Metz, et comme on leur objectait les forts inexpugnables qui défendaient la ville :

— Si Metz a ses forts, répondaient-ils, nous avons Bazaine.

Toute une ville peut affirmer ce propos.

# TABLE DES MATIÈRES

### CONTENUES DANS CET OUVRAGE.